초등 1학년
일기 잘 쓰는
방법 20

초판 1쇄 인쇄 | 2013년 7월 05일
초판 1쇄 발행 | 2013년 7월 15일

지은이 | 조영경
그린이 | 김미선

펴낸이 | 남주현
펴낸곳 | 채운북스(자매사 채운어린이)
주소 | 서울시 마포구 창전동 5-11 3층(우 121-880)
전화 | 02-3141-4711(편집부) 02-325-4711(마케팅부)
팩스 | 02-3143-4711
전자우편 | chaeun1999@nate.com
디자인 | design86 김규승
종이 | 세종페이퍼
인쇄 | (주)꽃피는청춘

ISBN 978-89-94608-38-9
※잘못된 책은 구입하신 서점에서 바꾸어 드립니다.

엄마의 잔소리 없이 스스로 쓰는

초등 1학년

일기 잘 쓰는 방법 20

글 조영경 그림 김미선

채운어린이

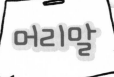

엄마의 잔소리 없이 스스로 쓰는

일기 잘 쓰는 방법 20

이제 준이가 초등학생이 되었구나.

유치원 생활과 초등학교 생활은 많이 다를 거야. 그래도 새로운 선생님과 친구들을 만나니까 좋지? 앞으로도 즐겁고 재미있는 일이 잔뜩 있을 테니 기대하렴.

초등학생이 되니까 해야 할 일도 많을 거야. 그 가운데 하나가 바로 일기 쓰기란다. 하루하루 준이한테 일어난 일이나 준이가 생각한 것, 느낀 것 등을 자유롭게 쓰면 돼. 그래도 막상 쓰려니 막막하다구? 그래서 엄마가 재미있게 일기 쓰는 방법을 생각해 보았단다.

일기는 그냥 하루의 일을 간단하게 쓰는 것이 기본이지만, 그림을 그리거나 만화를 그려도 돼. 책을 읽거나 영화를 보거나 견학을 다녀와서 느낀 점을 써도 되고, 사진 한 장으로도 멋진 일기를 쓸 수 있단다.

일기를 매일 쓰면 글씨 연습도 자연스럽게 할 수 있단다. 글짓기나 논술도 미리 준비할 수 있지. 말하는 것과 글쓰는 것은 달라. 말은 잘하더라도 자신의 생각과 느낌을 글로 잘 정리하는 데는 연습이 필요하지. 일기는 그 연습을 하기에 가장 좋은 방법이란다.

일기는 반드시 자기 전에 써야 하는 것은 아니야. 하루를 돌아보고 쓰는 글이라 주로 저녁에 쓰지만, 재미있거나 반드시 기억할 일이 있으면 그때 그때 써도 된단다. 일기는 많이 쓰는 것보다는 매일매일 쓰는 것이 더 중요해.

자, 지금까지는 엄마가 준이의 이야기를 기록했다면 이제는 준이 스스로 자신의 이야기를 기록해 보렴. 1년 뒤, 5년 뒤 그리고 10년, 20년 뒤에 준이가 어떻게 성장해 왔는지 알 수 있을 거야.

지은이 조영경

차례

1. 1학년이 되었어요 -생활일기

　초등학교 입학식을 했다. 드디어 나도 초등학생이 된 거다.

　입학식을 마치고 집으로 오는 길에 나는 수다쟁이가 되었다.

　"엄마, 내 짝 이름은 김소현이래. 내 앞에 앉은 애는 주현우고 걔 짝은 박하영이야. 작년에 나랑 같은 유치원에 다녔던 박하영 말이야."

　집에 도착해서는 신발을 벗자마자 내일 학교 갈 준비를 했다.

　"엄마, 선생님이 준비물 써 준 거 어디 있어? 색연필이랑 신발주머니는?"

　나는 책가방에 준비물이 잘 있는지 살폈다.

"어제 엄마랑 같이 챙겼잖아. 걱정 마."

엄마는 내 가방은 쳐다보지도 않고 말씀하셨다.

"그래도 빠진 게 있으면 어떻게 해. 다시 한 번 봐 봐."

내가 하도 성화를 부리니까 엄마는 그제야 못 이기는 척 준비물이 적힌 종이를 보셨다.

"아, 일기장을 준비하라네. 이제 준이도 일기를 써야 하는구나."

"일기?"

"응. 그 날 하루에 있었던 일을 쓰는 거 말이야."

"그런 걸 왜 써?"

"왜 쓰냐니? 엄마가 네 육아일기 쓴 거 봤지? 엄마가 너를 어떻게 보살폈고, 네가 어떻게 컸는지 기록해 둔 거 말이야. 너도 재미있다고 했잖아. 그걸 이젠 네가 직접 쓰는 거야. 어려운 것도 아닌데 뭘."

"엄마는 글 쓰는 작가니까 쉽지. 난 별로인데……."

우리 엄마는 글을 쓰는 작가다. 그러니 일기 쓰는 것

쯤은 아무것도 아닐 것이다. 게다가 컴퓨터로 쓰니까 힘들지도 않겠지.

사실 나는 글씨 쓰는 걸 별로 안 좋아한다. 엄마랑 받아쓰기를 하면 글씨가 삐뚤삐뚤해서 늘 꾸중을 듣는다. 그런데 삐뚤삐뚤한 글씨로 매일매일 일기를 써야 한다니, 생각만 해도 머리가 아프다.

"엄마, 그런데 일기는 정말 매일매일 써야 해? 매일매일 쓸 게 있을까?"

"날마다 똑같은 날이 어디 있어? 하다못해 먹는 반찬도 매일 달라지는데. 오늘만 봐도 어제랑 같아? 입학식하고 왔잖아."

엄마는 별거 아니라는 듯이 웃지만 나는 걱정이 되었다.

"어휴, 그러니까 입학식 같은 이벤트가 매일 있겠냐구."

정말이지 일기는 별로 재미없을 것 같다.

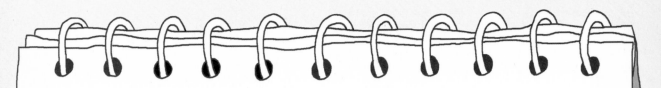

준이의 일기

날짜 : 3월 4일 월요일   **날씨** : 맑음

제목 : 1학년이 되었어요

초등학교 입학식을 했다.

운동장에 오랫동안 서 있었더니 다리도 아프고 추웠다.

하지만 교실로 들어가니 따뜻했다.

우리 교실은 2층이다. 책상에도 앉아 보고, 짝도 정했다.

내 짝 이름은 '김소현'이다.

안경을 썼고 얼굴이 예쁘다. 목소리도 상냥하다.

좋은 친구가 될 수 있을 것 같다.

초등학생이 되어서 설레기도 하고 기분도 참 좋다.

그런데 받아쓰기를 0점 받으면 어떻게 하나 걱정도 된다.

엄마가 준이에게

생활일기란?

생활일기란 하루에 있었던 일들 가운데 가장 기억에 남는 것을 쓰는 일기야.

생활일기 소재 찾기

❶ 하루 종일 한 일이 '밥 먹고 학교에 갔다온 것' 뿐이라 기억에 남는 게 없다고?

❷ 밥은 무슨 반찬하고 먹었는지, 맛은 어땠는지, 또 학교 가는 길에 무엇을 보았고 누굴 만났는지 생각해 보렴.

❸ 분명 기억에 남는 일이 있을 거야. 친구가 집에 놀러 왔다든지, 엄마한테 혼났거나 칭찬받은 일도 모두 생활일기의 소재가 될 수 있단다.

생활일기 잘 쓰는 방법

❶ 준아, 첫 일기치고는 아주 잘 썼어. 다만 자기 생각이나 느낌을 보태면 좋을 거 같아. 그러면 일기를 쓸 때마다 생각하는 힘을 키울 수 있거든.

❷ 그리고 일기를 쓸 때 날씨를 좀더 재미있게 표현해 봐. 날씨가 '맑음' '흐림' '눈' '비' 그렇게 간단하지만은 않잖아?

❸ 맑았다면 구름 한 점 없이 맑았는지 뭉게구름이 둥실둥실 떠다니면서 맑았는지, 비가 왔다면 부슬부슬 왔는지 장대비가 왔는지 좀더 자세하게 표현하면 더 재미있을 거야.

2. 씨앗을 심었어요 -관찰일기

"식목일에는 나무 하나 정도는 심어 줘야 하는 거 아니야?"

나는 애꿎은 화분을 툭툭 차며 말했다.

"올해는 아빠도 출장가시고 엄마도 바빠서 멀리 갈 수 없다고 했지?"

엄마도 같이 화분을 툭툭 차며 말씀하셨다.

우리 가족은 매년 식목일이면 나무 심기 행사에 참가했다. 그런데 올해는 엄마 말씀대로 상황이 여의치가 않았다. 그래서 그냥 집에서 화분에 씨앗을 심는 정도만 하기로 했다.

"아, 엄마! 사과 씨를 심자. 잘 키워서 올가을에 사과를 따먹는 거야!"

14

내가 생각해도 멋진 생각이었다. 그런데 엄마는 내 머리에 알밤을 놓으며 말씀하셨다.

"지금 사과 씨를 심어서 어떻게 올가을에 사과를 따 먹니? 콩 심어서 콩이나 따먹어."

"시시해."

겨우 콩이라니, 나는 실망스러워서 입을 쑥 내밀었다.

"엄마 하는 거나 잘 보고 따라해. 이렇게 화분 구멍을 막고, 흙을 담고……."

나는 엄마가 하시는 대로 화분에 콩을 심었다.

"마지막으로 물을 주면 끝~!"

엄마와 나는 햇볕이 잘 드는 창가에 화분을 놓았다.

"엄마, 싹은 언제 나?"

"글쎄, 한 삼사 일 걸리겠지?"

막상 콩을 심고 나니 궁금하기도 하고 설레기도 했다. 이렇게 해 놓으면 정말 싹이 날까? 얼마나 크게 자랄까? 과연 콩이 열리기는 할까?

"엄마, 콩은 어떻게 해야 잘 자라?"

"그야 뭐, 물 주고 햇볕 쬐면 잘 자라겠지. 관심을 가지고 잘 돌봐 주면 무럭무럭 자라서 콩이 주렁주렁 열리겠고. 그러면 콩밥 싫어하는 누구한테 만날 콩밥만 해 줘야겠다."

엄마는 씩 웃으며 말씀하셨다. 그러다가 문득 좋은 생각이 난 듯 목소리를 높여 말씀하셨다.

"아! 일기로 써 보면 어떨까? 날마다 자라는 모습을 기록해 놓으면 어떻게 자라는지 알 수 있을 거야."

"그런 것을 일기로 써도 돼?"

나는 미심쩍은 듯이 물었다.

"그럼! 안 될 게 뭐 있어? 일기는 뭐든지 쓸 수 있어. 얼른 쓰자!"

왠지 이번에도 엄마 꾀에 넘어간 듯한 이 느낌은 뭘까?

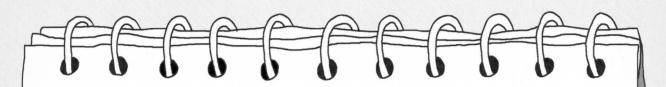

준이의 일기

날짜 : 4월 9일 화요일   **날씨 :** 구름 한 점 없이 맑음

제목 : 연두색 싹이 났어요

드디어 식목일에 심은 콩에서 싹이 났다.

콩 껍질이 채 벗겨지지 않아서 답답해 보였다.

까만 콩껍질을 벗겨냈더니 싹은 예쁜 연두색이었다.

흙 위로 머리를 쏙 내밀고 있는 모습이 숫자 9랑 비슷했다.

물과 햇볕만으로도 이렇게 싹을 틔우다니 정말 신기했다.

앞으로 쑥쑥 자라서 콩이 많이 열렸으면 좋겠다.

엄마 화분에도 싹이 났다. 내 싹은 곧은 9자 모양인데,

엄마 것은 조금 비스듬하다.

키도 내 것보다 커서 마치 내 화분의 싹을 내려다보는 것 같다.

엄마 콩까지도 내 콩을 감시하나 보다.

 # 엄마가 준이에게

관찰일기란?

관찰일기란 식물이나 동물, 곤충 등 어떤 특정 대상을 관찰하고 쓰는 일기야.

관찰일기 소재 찾기

❶ 꽃이나 나무는 물론이고 나비나 개미 등 곤충을 관찰하거나 반려동물이나 동물원에서 본 동물도 관찰일기의 대표적인 소재란다.

❷ 과학 실험 내용, 번개 치는 모습, 별자리 또는 겨울에 내린 눈을 관찰해서 일기를 써도 재미있을 거야. 아니면 엄마 아빠의 습관 등을 관찰하는 것도 재미있겠다.

관찰일기 잘 쓰는 방법

❶ 관찰일기는 하루만에 끝나지 않을 수도 있어.

❷ 곤충, 식물이 자라는 모습을 관찰하다 보면 일주일에서 몇 달이 걸리기도 할 거야. 그 내용을 빠짐없이 기록하면 관찰력도 좋아지고 학습 효과도 얻을 수 있단다.

❸ 준이는 콩에서 싹이 난 모습을 잘 관찰했구나. 이제 콩이 열릴 때까지 잊지 말고 관찰일기를 써 보자.

3. 나들이를 갔어요 −조사일기

"앗싸, 어린이날! 아빠, 어디 갈 거야? 엄마, 뭐 사줄 거야?"

나는 어린이날 며칠 전부터 잔뜩 들떠 있었다.

"소현이는 놀이공원에 간대. 현우는 아빠가 로봇 사주고, 하영이는 패밀리레스토랑에 간대."

내가 신이 나서 말하자 아빠가 그건 아무것도 아니라는 듯이 말씀하셨다.

"우리는 더 좋은 데 가서 더 맛있는 거 먹을 거야. 물론 선물도 아주 멋진 거고. 기대해."

드디어 어린이날이 되었다. 우리 가족은 아침 일찍 외출 준비를 마쳤다.

"어디 가는 거야? 놀이동산? 영화관? 혹시 우리 멀

리 여행 가?"

나는 잔뜩 들떠서 물었다. 엄마 아빠는 그저 빙그레 웃기만 하셨다.

그리고 도착한 곳은 바로… 경복궁이었다!

어린이날 고궁이라니, 나는 입을 쑥 내밀고 터덜터덜 땅만 보고 걸었다. 그 때였다.

"와~!"

사람들의 환호성과 함께 박수소리가 들려왔다. 나는 소리나는 쪽으로 달려갔다. 사람들이 모여 있는 한가운데에 긴 밧줄이 걸려 있고, 밧줄 위에서 사람이 부채 하나 달랑 들고 덩실덩실 춤을 추고 있었다.

"우와, 대단하다!"

좀 전까지 실망했던 나는 줄 타는 모습을 넋을 잃고 쳐다보았다. 사람이 마치 새처럼 하늘을 날았다.

"저건 우리나라 전통 줄타기인 '판줄' 이라는 거야. 유네스코에서도 세계문화유산으로 지정했단다."

엄마가 옆에서 설명해 주셨다.

어린이날이라 경복궁 입장도 무료고 행사도 많이 하고 있었다. 잠시 경복궁을 둘러본 후 인사동에서 점심을 먹었다. 그리고 창경궁으로 건너가 궁궐 문양 그리기도 하고 천연염색 체험도 했다. 아빠랑 같이 단청 문양 핸드폰 고리도 만들어 선물로 받았다.

"엄마, 오늘 정말 재미있었어. 맛있는 것도 먹고, 이렇게 선물도 많이 받고, 최고야!"

"그렇지? 엄마 아빠 말이 맞지? 재미있고 신기한 것도 많이 보고."

"맞아. 아까 줄타기, 그게 가장 신기했어. 뭐라고 했지? 판… 판 뭐라고 한 거 같은데 금방 잊었네."

내가 중얼거리자 엄마가 손을 마주잡고 말씀하셨다.

"그래! 잊어버리지 않게 아까 봤던 줄타기를 조사해서 오늘 일기에 쓰는 거야!"

어휴, 엄마! 오늘은 어린이날이라구욧!

준이의 일기

날짜 : 5월 5일 일요일
날씨 : 햇볕만 받아도 쑥쑥 자랄 것 같이 좋은 날!
제목 : 경복궁 나들이

어린이날을 맞아 우리 가족은 경복궁과 창경궁으로 나들이를 갔다.

놀이동산을 기대했던 나는 몹시 실망했다.

하지만 야외마당에서 줄타기 공연을 보고 생각이 바뀌었다.

줄타기는 옛날 궁중 축제에서도 공연되었다고 한다.

줄타기 공연이 끝나면 구경꾼들이 돌아갔기 때문에 맨 나중에 줄타

기를 했을 정도로 인기가 많았다고 한다.

오늘 내가 본 줄타기는 '판줄'이다. 줄 타는 광대가 어릿광대와 함께

음악에 맞춰 춤과 이야기를 섞어가며 재주 부리는 것으로, 중요무형

문화재 제58호이다. 뿐만 아니라 유네스코 인류무형문화유산에도

등재된 우리의 소중한 전통문화라고 한다.

세계가 인정한 문화유산을 직접 볼 수 있어서 참 좋았다.

엄마가 준이에게

조사일기란?

조사일기란 평소에 궁금했던 것을 조사해서 쓰는 일기야.

조사일기 소재 찾기

❶ 궁금한 것을 조사한 것이라면 뭐든 조사일기의 소재가 될 수 있어.
❷ 계절은 왜 바뀌는지, 비는 왜 오는지, 텔레비전은 누가 발명했는지 등등 평소에 궁금했던 것이 있다면 조사해서 일기로 써 보렴.
❸ 과학적인 이야기는 물론 우리나라의 국경일이나 인물, 나라에 대한 조사도 좋은 소재가 될 수 있어.

조사일기 잘 쓰는 방법

❶ 조사일기는 사실을 위주로 써야 해.
❷ 준이는 백과사전에서 조사한 내용을 적었구나. 이제 '판줄'에 대해서는 친구들한테도 자세히 설명해 줄 수 있겠지?
❸ 조사 범위를 넓혀서 유네스코에 등재된 우리나라 문화재로는 무엇이 있는지 더 조사해 보면 어떨까?

4. 엄마 아빠, 고맙습니다
-메모일기

"카네이션은 만들었고, 뭔가 엄마 아빠를 위한 특별한 이벤트가 필요한데… 아, 그래!"

순간 좋은 생각이 떠올랐다. 엄마는 욕실 청소를 아주 싫어하신다. 그래서 늘 아빠가 하신다. 그렇다고 아빠도 욕실 청소를 좋아하시는 것 같지는 않다.

"욕실 청소를 하면 엄마 아빠 모두 좋아하실 거야."

살며시 거실로 나와 보니, 엄마는 원고 쓰시느라 정신이 없어 보였다.

'그래, 지금이야!'

"준아, 어서 간식 먹고 숙제해야지?"

내 인기척을 느낀 엄마가 말씀하셨다.

"응, 화장실 좀 갔다가."

나는 그렇게 말하고 욕실로 들어갔다.

"욕실 청소가 별거야? 그냥 세제 풀어 닦고 물만 휙! 뿌리면 되지."

나는 고무장갑을 끼고 세제를 뿌렸다. 하얀 거품이 벽과 바닥에 몽실몽실 피어났다.

"윽, 냄새 한번 지독하네. 얼른 끝내야겠다."

나는 솔로 바닥을 박박 닦았다. 욕조도 닦고 변기도 닦았다.

"휴~ 힘드네. 이제 물로 씻어내기만 하면 끝~!"

나는 거품을 없애기 위해 샤워기를 틀었다. 시원하게 물줄기가 나가는 순간 욕실 문이 벌컥 열렸다.

"준아, 너 뭐… 으악!"

갑자기 들어온 엄마는 뜻하지 않게 물벼락을 맞고 말았다. 엄마는 화가 잔뜩 나서 버럭 소리를 질렀다.

"너, 이게 무슨 짓이야? 세제를 이렇게 잔뜩 뿌려 놓으면 어떻게 해! 옷은 엉망이고, 빨래 솔은 왜 변기에 있는 거야? 어휴, 휴지며 수건이며 다 젖고, 도대체 무슨 장난을 치는 거야!"

"나는 엄마 기쁘게 해 드리려고 한 건데……."

나도 모르게 고개를 푹 숙였다.

내 마음을 안 엄마는 순간 당황했다.

"어머, 그런 거였어? 엄마는 그것도 모르고……."

엄마는 욕실로 들어와 내 손을 잡았다.

"준이가 엄마 생각을 많이 했구나. 그런데 준아, 이렇게 혼자 욕실 청소하다가 다치면 어떻게 해. 엄마는 준이가 건강하고 친구들하고 사이좋게 지내면 그것만으로도 기뻐."

엄마는 나를 꼭 안아 주셨다.

"그러면 준아, 오늘은 엄마 아빠를 기쁘게 해 줄 수 있는 일이 무엇인지 메모하면서 일기를 쓰면 되겠다. 이왕이면 욕실 청소 방법도 메모해 두면 나중에 도움이 될 거야."

하, 엄마는 정말 못 말려~!

준이의 일기

날짜: 5월 7일 화요일

날씨: 포근하다 못해 덥다

제목: 어버이날

내일은 어버이날이다. 엄마 아빠를 기쁘게 해 드릴 생각으로 몰래 욕실 청소를 했다. 하지만 엄마는 기뻐하기는커녕 화만 내셨다. 욕실 문을 닫아놓고 세제를 잔뜩 뿌려 놓으면 냄새 때문에 위험하다고 하셨다. 엄마 아빠를 기쁘게 해 드릴 생각이었는데 오히려 걱정만 끼쳐 드렸다. 특별한 날에만 잘하기보다는 평소에 내가 할 일을 잘하는 것이 최고의 선물이라는 것을 깨달았다.

－엄마 아빠에게 날마다 선물하는 방법

1. 즐겁게 학교 생활하기.

2. 친구들과 사이좋게 지내기.

3. 건강하고 아프지 않기.

 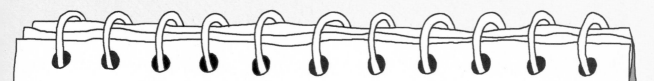

엄마가 준이에게

메모일기란?

메모일기란 메모하듯 짧고 간단하게 쓰는 일기를 말해.

메모일기 소재 찾기

❶ 순간순간 떠오르는 생각이나 느낌, 또는 중요한 일을 일기장에 옮겨 보렴.

❷ 음악을 듣고 난 감상, 그림을 보거나 책을 읽고 난 후의 느낌, 또는 친구와 대화하다가 좋은 생각이 떠오르면 모두 메모해 두는 거야.

❸ 어떤 일의 순서나 친구와의 약속, 반드시 기억해야 할 것도 메모해서 일기로 쓰면 좋단다.

메모일기 잘 쓰는 방법

❶ 중요한 내용을 번호를 붙여 잘 정리했구나. 이렇게 하니까 한눈에 쏙 들어오네.

❷ 메모일기는 중요한 것만 정리하는 것이 중요해. 그러니까 길게 쓸 필요없이 필요한 사항만 짧게 정리하는 것이 좋아.

5. 아파트에 소방차가 왔어요!
−그림일기

"애애앵~!"

갑자기 사이렌 소리가 들렸다.

"뭐야, 뭐야?"

엄마와 나는 깜짝 놀라 베란다로 나가 보았다.

아파트 입구에 소방차 두 대가 들어오고 있었다.

그런데 차들이 막고 있어서 소방차가 들어오지 못하고 사이렌 소리만 울리고 있었다.

"불난 건가?"

아파트들을 살펴보니, 우리 앞동 3층에서 연기가 나고 있었다.

"엄마! 저기, 저 집에 불이 났나 봐!"

나는 손가락으로 연기나는 곳을 가리켰다.

시커먼 연기가 나는 것이 금방이라도 빨간 불꽃이 일어날 것 같았다.

소방차가 움직이지 못하니 소방관 아저씨들이 차에서 내려 뛰어갔다. 사이렌 소리에 놀랐는지 사람들이 몰려오고 우리처럼 밖을 내다보는 사람들도 있었다.

그 사이에 차들도 정리되어 소방차가 연기가 나는 아파트 앞에 도착했다.

소방차에서 내린 또다른 소방관 아저씨들이 소방호수를 연결하고 준비하고 있는데, 연기가 점점 잦아들었다.

잠시 후, 뛰어올라갔던 소방관 아저씨가 3층 창문 밖으로 얼굴을 내밀고 손짓을 하니, 아래에 있던 소방관 아저씨들이 소방호수를 정리하기 시작했다.

"휴~ 다행히 불이 난 건 아닌가 보다."

엄마는 안도의 한숨을 쉬셨다.

"아마 가스불에 무언가 올려놓고 사람이 나갔나 봐. 그래도 연기 보고 누군가 신고해서 다행이네."

엄마가 베란다문을 닫으면서 말씀하셨다. 하지만 나는 계속 밖을 내다보았다. 소방차가 사이렌을 울리고 불빛을 번쩍이는 것을 이렇게 가까이에서 본 적이 없기 때문이다. 방화복을 입은 소방관도 처음 보았다.

"우와, 정말 영화의 한 장면 같다. 불은 안 나서 다행이지만, 정말 멋져!"

내가 감탄하고 있자 엄마가 옆에서 좋은 생각이 났다는 듯이 말씀하셨다.

"그래, 이 장면을 그림으로 남겨두면 좋겠다. 뭐, 일기장 같은 데다가."

와~ 발빠른 소방관 아저씨도 놀랍지만, 이 상황을 일기와 연결시키는 엄마의 순발력 또한 놀랍기만 하다!

준이의 일기

숙제를 하고 있는데 갑자기

사이렌 소리가 들렸다.

깜짝 놀라 베란다로 나가 보니

소방차가 와 있었다.

우리 아파트 앞동 3층에서 연기가 피어오르고 있었다.

소방관 아저씨들이 소방호수를 연결하고, 다른 소방관 아저씨는

아파트 안으로 뛰어들어갔다. 다행히 불이 나지는 않았다.

아마 집주인이 가스레인지에 냄비를 올려놓고 외출했나 보다.

평소에도 멋지게 보이던 소방관 아저씨들이 더욱 믿음직해 보였다.

엄마가 준이에게

그림일기란?

그림일기란 그림과 글을 함께 쓰는 일기를 말해. 그림책처럼 그림 아래에 짤막한 글을 덧붙이는 일기란다.

그림일기 소재 찾기

❶ 글보다는 그림으로 표현하는 것이 더 효과적인 이야기면 그림일기의 좋은 소재가 될 수 있어.

❷ 예를 들면 엄마가 새로 사 준 신발이나 눈비 오는 모습 등 계절의 변화를 그림으로 그리면 더욱 효과적이겠지.

❸ 그리고 손으로 그리는 그림뿐만 아니라, 잡지나 사진을 오려붙여서 표현하는 방법도 재미있을 거야.

그림일기 잘 쓰는 방법

❶ 그림일기라고 해서 그림만 잘 그리면 되는 것이 아니야. 그림만 보고도 무슨 내용인지 바로 알 수 있어야 해. 따라서 글과 그림 내용이 맞아떨어져야 좋단다.

❷ 준이는 글은 소방관 아저씨에 대한 이야기가 많은데 그림은 소방차뿐이네? 소방관 아저씨의 모습도 그렸으면 좋았을 것 같아.

6. 친구들과 영화 보러 갔어요
—영화일기

"내일 도서관에서 영화 보여 준대. 같이 갈 사람?"

수업이 다 끝난 금요일, 하영이가 말했다.

"도서관 영화는 다 지난 거 보여 주는 거잖아."

"맞아. 지난번에도 보니까 예전 것 해 주더라."

채은이와 태호는 시시하다는 듯이 콧방귀를 뀌었다.

"공짜라는데?"

하영이 말에 나는 손을 번쩍 들고 외쳤다.

"나! 나 갈래."

"준이가 가면 나도 갈래."

소현이도 빙긋 웃으며 손을 들었다.

"뭐 너희들이 간다면 나도 갈게."

채은이와 태호도 함께 가기로 했다.

이튿날, 마침 엄마도 도서관에 갈 일이 있다고 하셨다. 나와 친구들은 엄마와 함께 영화 시간에 맞춰 도서관에 도착했다.

우리는 시청각실에서 영화를 보았다.

제목은 〈주먹왕 랄프〉.

채은이와 태호는 이미 본 영화라고 했지만 나와 하영이, 소현이는 보지 못한 영화라 정말 재미있게 보았다.

영화가 끝난 후, 엄마가 물으셨다.

"오늘 영화 어땠니?"

"응, 정말 재미있었어. 내 이름은 랄프. 퍽퍽퍽! 나는 모든 것을 파괴하지!"

내가 랄프 흉내를 내며 말했다.

"저는 여자 전사가 나올 때 조금 무서웠어요."

하영이가 말하자 소현이가 말을 이었다.

"그래도 결혼식 장면은 정말 아름다웠어."

"랄프처럼 막무가내이면 친구들이 정말 힘들 거야.

완전 자기 멋대로잖아."

채은이가 말했다.

"그래도 바넬로피를 도와 준 것은 멋졌어."

하영이가 대답하자 채은이가 다시 말을 이었다.

"메달 찾으려고 어쩔 수 없이 도와 준 거잖아. 어쨌든 못 말리는 애라니까."

내가 발끈해서 뭐라고 하려 하자 엄마가 중간에 끼어들었다.

"자자, 그러지 말고 오늘은 일기에다가 영화 보고 난 느낌들을 쓰는 게 어때?"

친구들, 오늘은 일기를 같이 써야 할 것 같네……

준이의 일기

날짜 : 6월 22일 토요일

날씨 : 조금만 뛰어도 땀이 주룩주룩!

제목 : 영화 감상

친구들과 도서관에서 영화를 보았다.

이번에 본 영화는 〈주먹왕 랄프〉였다. 랄프는 '다 고쳐 펠릭스'에서

건물을 부수는 악당이다. 30년 동안 자신의 일에 최선을 다했지만

아무도 좋아해 주지 않는다.

친구들과 친하게 지내고 싶고, 영웅이 되고 싶었던 랄프는 자기 게임

에서 빠져나와 다른 게임으로 들어간다.

영웅이 되려면 금메달을 따야 하기 때문이다. 그런데 그만 잘못해서

'슈가 러시'라는 게임에 들어가고 말았다. 그 곳에서 랄프는 외톨이

인 바넬로피를 만난다. 바넬로피도 친구가 없는 외톨이였다.

랄프와 바넬로피는 힘을 합쳐 자동차 경주에 나가 우승을 하고 친구

들과도 화해하며 위기에 빠진 게임나라를 구한다.

엄마가 준이에게

영화일기란?

영화일기란 영화를 보고 그 감상을 쓰는 일기를 말해. 어떤 영화를 언제, 누구랑 같이 봤는지 기록하고, 영화의 내용과 느낀 점을 쓰는 거야.

영화일기 소재 찾기

❶ 영화일기는 영화를 보고 난 후 쓰는 일기이지만, 영화를 영화관에서만 보지는 않지? 집에서 DVD나 텔레비전에서 영화를 보고도 쓸 수 있단다.

❷ 꼭 영화가 아니더라도 공연이나 연극, 뮤지컬을 보고도 영화일기와 같은 형식으로 일기를 쓸 수 있어.

영화일기 잘 쓰는 방법

❶ 영화일기는 감상일기야. 단순히 줄거리만 쓰기보다는 느낀 점도 함께 쓰도록 하렴.

❷ 그리고 등장인물의 표정이나 분위기 등도 써 보자. 어렵다면 그림을 그린다고 생각해 봐. 한 장면이라도 묘사를 잘하면 표현력과 관찰력도 키울 수 있을 거야.

7. 매일매일 공부해요 –학습일기

학교 수업을 끝내고 나오니 교문 앞에 엄마와 소현이 엄마가 기다리고 계셨다. 소현이 엄마가 우리 집까지 와서 엄마와 이야기를 나누셨다. 덕분에 소현이랑 놀게 되어 좋았다. 그런데 이야기를 가만히 듣고 있자니 그게 아니었다.

"우리 소현이는 혼자서 다 알아서 하는 편이에요. 굳이 제가 나서서 이래라 저래라 할 게 없어요, 호호호."

"어머, 정말요? 얼마나 좋으세요. 우리 애는……."

엄마는 곁눈질로 나를 쳐다보셨다. 드디어 나에게도 '엄친딸'이 나타난 것인가!

소현이가 가고 예상대로 엄마가 나를 부르셨다.

"준아, 이리 좀 와 봐."

나는 조금 짜증을 내며 엄마 앞에 앉았다. 엄마가 어떤 잔소리를 하실지 뻔했기 때문이다.

"소현이도 너랑 똑같은 방문학습지를 한다고 하더라. 그런데 왜 너는 늘 밀리는 거야? 소현이는 선생님 가시면 바로 알아서 숙제한다고 하던데."

"소현이는 축구 교실을 안 가니까 시간이 남지. 그리고……."

이런저런 핑계를 대 보려 했지만 좋은 생각이 떠오르지 않았다.

"너희 곧 시험도 본다면서? 아무리 1학년이지만 시험 공부도 안 할 거야?"

나는 아무 말도 못하고 고개만 푹 숙이고 있었다. 엄마는 얕은 한숨을 쉬더니 말을 이었다.

"공부는 습관을 들여야 재미있게 할 수 있어. 어리다고만 생각하지 말고 이제부터라도 조금씩 공부 습관을 들이도록 해."

"네."

"대답은 잘한다."

어휴, 엄마들은 왜 대답을 안 하면 안 한다고 뭐라 하고, 하면 한다고 또 뭐라 하실까?

"앞으로 어떻게 공부할 것인지 일기에 적도록 해. 계획을 세우고 공부하면 더 효율적이니까, 알았어?"

"이제는 별걸 다 일기에 쓰라고 해."

내가 투덜대자 엄마 목소리가 높아지셨다.

"네가 알아서 하면 엄마가 이러겠어? 오늘 공부한 것도 일기에 꼬박꼬박 적어."

엄마도 마감 때가 되면 일이 밀려서 밤을 새면서 왜 나만 꾸짖는담?

그런데 가만히 생각해 보니 소현이는 착실하고 공부도 잘한다. 당연히 착실하고 공부 잘하는 친구들을 좋아하겠지?

엄마 말씀대로 학습일기를 쓰면서 공부를 해 봐야겠다. 난 소현이한테 멋진 남자친구가 되고 싶으니까!

준이의 일기

날짜: 7월 7일 수요일
날씨: 빨래가 잘 마를 만큼 강렬한 태양!
제목: 엄마, 열심히 공부할게요!

수학 학습지를 하는 날이다. 작년까지만 해도 문제가 쉬웠는데, 초등

학생이 되고 보니 어려운 문제들이 많다. 그래서 더욱 하기 싫은 것

같다. 연산문제나 규칙문제는 재미있지만, 똑같이 그리기나 설명이

긴 문제는 어렵다. 풀기는 풀지만 시간이 너무 오래 걸린다.

선생님은 문제를 많이 풀어 보는 수밖에 없다고 하셨다.

앞으로 방문학습지를 밀리지 않도록 하고, 하루에 적어도 5문제씩은

꼭 풀어야겠다.

- 잘 풀지 못한 문제

* 받아쓰기에서 10문제 중 6문제를 틀렸다. 그렇다면 몇 문제를

맞췄는지 식을 쓰고 답을 구하시오. 〈식: 10-6=4 답: 4문제〉

엄마가 준이에게

학습일기란?

학습일기란 오늘 배운 것이나 공부한 것을 정리해서 쓰는 일기야.

학습일기 소재 찾기

❶ 오늘 학교에서 배운 내용이나 공부한 내용은 모두 학습일기의 소재가 될 수 있어.

❷ 반드시 글로 써야 하는 것은 아니야. 그림이나 표를 이용해서 정리해도 좋아.

❸ 또는 앞으로 어떻게 공부할 것인지 계획표를 그리고 결심을 적는 것도 좋은 학습일기가 될 수 있단다.

학습일기 잘 쓰는 방법

❶ 초등학교 1학년이라 아직은 공부할 것이 그리 많지는 않을 거야. 그래도 지금부터 조금씩 학습일기 쓰는 습관을 들이면 나중에 공부 계획을 세울 때 도움이 된단다.

❷ 이렇게 풀기 어려웠던 문제를 적어두면 준이가 수학에서 어떤 부분을 어려워했는지도 알 수 있게 될 거야.

8. 하루 종일 비만 와요 -날씨일기

"우르릉 쾅쾅-!"

이젠 웬만한 천둥 번개에도 놀라지 않는다.

올해 장마는 일찍 시작된 데다가 어찌나 요란한지 며칠째 번쩍번쩍 우르릉 쾅쾅이다.

"방학을 하면 뭐해. 첫날부터 장마라 놀지도 못하는데."

나는 방 안에서 뒹굴거리고 있었다.

"초등학생이 되고 첫 방학인데 이렇게 놀기만 할 거야? 계획도 세우고 그래야지."

엄마는 아침 밥숟가락을 놓자마자 잔소리를 늘어놓기 시작하셨다.

"어휴, 엄마. 비 폭탄도 지겨운데 엄마까지 잔소리

폭탄이야?"

"진짜로 폭탄맞기 싫으면 발딱 일어나서 뭐라도 해. 그렇게 누워서 뒹굴지만 말고!"

이럴 때는 더 이상 말대꾸하지 않고 엄마 말씀을 듣는 게 낫다. 안 그러면 엄마의 잔소리 번개가 어디로 튈지 모르기 때문이다.

"아, 어제 읽던 책이 어디 있지?"

나는 책을 찾는 척했다. 그 때 전화벨이 울렸다.

"네, 어머님. 안녕하세요. 부산도 비가 많이 오죠?"

부산에 사는 할머니셨다. 우와, 역시 할머니는 내 편이라니까. 내가 엄마한테 혼나는 걸 어떻게 알고 전화하셨을까!

"그냥 있죠 뭐. 바꿔 드릴게요."

엄마가 수화기를 건네 주셨다.

"할머니~."

나는 수화기를 받자마자 어리광을 피웠다.

"아이고, 우리 강아지! 방학인데 뭐하노? 비 온다고?

부산 와라. 여기는 햇볕 쨍쨍이다."

나는 깜짝 놀랐다. KTX를 타고 3시간만 가면 부산인데, 날씨가 이렇게 다르다니! 지금 서울에 내리는 비는 그냥 비가 아니다. 며칠 전부터 계속 퍼붓고 있다. 그런데 부산은 해가 쨍쨍이라니!

"정말요? 와, 신기하다. 놀러 갈게요."

나는 할머니께 인사드리고 전화를 끊었다.

"엄마, 서울은 비가 오는데 부산은 맑대. 희한하네? 고모가 사는 대전은 어떨까?"

엄마는 방을 나가면서 한 마디 덧붙이셨다.

"그 참에 오늘 일기는 날씨일기를 쓰면 되겠네."

하~ 날씨일기는 또 뭐람?

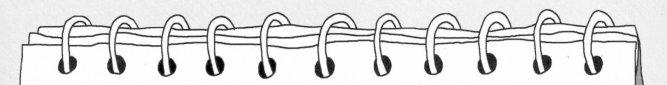

준이의 일기

날짜: 7월 23일

날씨: 비가 쉬지 않고 쏟아진다

제목: 끝없이 내리는 비

방학인데 비 때문에 나가 놀지도 못하고 있다.

하루 종일 비가 오고 천둥 번개까지 친다.

해마다 이맘 때면 장마가 시작되지만, 올해는 유독 비가 많이 내릴 거라고 한다. 태풍도 곧 올라올 거라고 하니, 방학 내내 비가 오면 어떻게 하나 걱정이 된다.

이 모든 게 혹시 지구 온난화 때문일까?

그런데 신기하게도 할머니가 사시는 부산에는 비가 오지 않는다고 한다. KTX로 3시간이면 가는 부산은 해가 쨍쨍이고 서울은 비가 억수같이 쏟아지다니! 궁금해서 서울과 부산 중간에 있는 대전 고모께 전화해 봤다. 대전은 비가 그치고 햇볕이 나기 시작한다고 한다.

같은 나라인데 이렇게 날씨가 다르다니 정말 신기하다.

 # 엄마가 준이에게

날씨일기란?

날씨일기란 날씨를 주제로 쓰는 일기를 말해.

날씨일기 소재 찾기

❶ 오늘 날씨는 물론 계절에 대한 이야기도 날씨일기의 소재가 될 수 있어.

❷ 봄만 되면 우리를 괴롭히는 황사, 여름 장마, 가을 햇살이나 겨울 눈 오는 날씨에 대해 써 보자.
이 때 날씨 관련 속담도 함께 쓰면 더 재미있을 거야.

❸ 또는 내가 사는 곳과 다른 지방, 혹은 다른 나라의 날씨에 대해 써도 좋겠다. 우리나라는 여름인데 호주는 겨울이라든지, 우리나라 여름 소나기처럼 동남아에 내리는 스콜에 대해 알아보는 것도 재미있을 거야.

날씨일기 잘 쓰는 방법

❶ 똑같은 시간에 서울에는 비가 오고 부산에는 햇볕이 난다니 신기하지?

❷ 글로 표현해도 되지만, 날씨일기인 만큼 우리나라 전국 기상도를 활용하는 것도 좋은 방법이야.

9. 무시무시한 여름휴가 –여행일기

　서해안에 있는 해수욕장으로 여름휴가를 다녀왔다.

　"와~ 바다다!"

　나는 바다를 보자마자 수영복으로 갈아입고 텀벙 뛰어들었다.

　"준아, 아빠가 자리 정리할 동안 거기 그대로 있어. 혼자 너무 멀리 가지 마라."

　아빠가 주의를 주었다. 그 때 해수욕장 안전요원의 방송도 들렸다.

　"서해안에 해파리가 자주 나타나고 있습니다. 해수욕객 여러분은 각별히 조심하시고……."

　나는 방송을 하든 말든 흘려듣고 신나게 물장구를 치며 놀았다.

"뭐야, 별로 깊지도 않잖아."

나는 조금씩 앞으로 나아갔다. 그 때였다.

"앗, 따가워!"

내 옆에 있던 아저씨가 갑자기 소리를 질렀다.

"해파리다, 해파리!"

아저씨가 소리치자 사람들이 웅성대며 바다에서 나오기 시작했다. 나도 서둘러 뛰었다. 바닷물에서 거의 나오는 순간 갑자기 바늘 수십 개가 한꺼번에 내 발을 찌르는 듯했다.

"으악! 따가워!"

내가 소리지르자 어떤 어른이 큰 소리로 말했다.

"이런, 이 아이도 해파리에 쏘였나 봐요!"

"엉엉, 너무 아파요!"

다행히 가까이 있던 안전요원이 나를 번쩍 안아들고 의무대로 뛰었다. 의무대에 도착한 안전요원은 재빨리 물로 내 발을 씻기고 약을 발라 주었다.

"준아!"

소식을 듣고 엄마와 아빠가 의무대로 뛰어오셨다.

"아, 부모님이세요? 조금 부었지만 바로 응급조치를
했으니 괜찮을 겁니다."

안전요원이 말하자 걱정스러운 듯 바라보던 엄마 얼
굴이 금세 붉으락푸르락해졌다.

"엄마가 혼자 돌아다니지 말라고 했지?"

나는 아무 말도 못했다. 나오던 눈물이 쏙 들어갈
판이었다.

"놀러 오자마자 해파리에 쏘이고, 그냥
돌아가야 하니 정말 기억에 남는 여행이
되겠구나."

엄마 말씀대로 오늘은 정말이지 잊지 못
할 날이 될 것 같다.

준이의 일기

날짜: 8월 3일 금요일

날씨: 햇볕은 쨍쨍, 내 다리는 퉁퉁!

제목: 해파리의 공습

엄마 아빠와 서해안의 해수욕장에 놀러 갔다.

바다를 보자마자 신이 나서 뛰어들었다. 아빠가 기다리라고 했는데도

나 혼자 물장구를 치면서 놀았다. 그런데 갑자기 발이 유리에 베인

듯 너무 따갑고 아팠다. 해파리에 쏘인 것이다.

해수욕장에 도착했을 때부터 해파리를 조심하라는 방송을 들었다.

안내문도 걸려 있었지만 '설마 해파리에 쏘이겠어?' 하고 가볍게 생

각한 것이 문제였다.

해파리에 쏘인 순간 너무 아파서 눈물이 절로 났다.

다행히 안전요원 형이 응급조치를 해 주어서 금방 가라앉았다.

당연히 엄마 아빠한테 혼났다. 해파리에 쏘여서도 울었지만,

조심하지 않았다고 엄마 아빠한테 혼나서 더 울었다.

엄마가 준이에게

여행일기란?

여행일기란 여행을 하면서 겪은 일이나 느낀 점을 쓰는 일기야. 기행일기라 고도 해.

여행일기 소재 찾기

❶ 여행일기의 소재는 여행 다녀온 곳을 생각하면 쉽게 찾을 수 있어.

❷ 해수욕장에 다녀왔는지, 등산을 다녀왔는지, 또는 친척집 방문이나 가까운 공원으로 소풍 다녀온 것도 여행일기의 소재가 될 수 있어.

❸ 막막하다면 여행을 떠났다가 되돌아오는 과정을 되짚어 보렴. 여행 계획 은 어떻게 세웠는지, 기억에 남는 일은 무엇인지, 여행지에 도착했을 때의 느낌이나 여행지에서 먹은 음식을 떠올리면 쉽게 쓸 수 있을 거야.

여행일기 잘 쓰는 방법

❶ 여행일기는 생각나는 대로 쓰다 보면 뒤죽박죽되기 쉬워. 차분하게 시간 순서대로 써 보렴. 쓰기도 편하고 내용도 정돈된 느낌이 들 거야.

❷ 준이는 해수욕장에 놀러 간 일 가운데 해파리에 쏘인 것이 가장 기억에 남겠지? 이왕이면 여행을 떠날 때의 기분도 함께 썼으면 좋겠다.

❸ 그리고 바닷가에서 어떻게 놀아야겠다는 반성까지 쓰면 더 생생하고 알찬 일기가 될 거야.

10. 공룡 박물관에 다녀왔어요
−견학일기

"이… 이건, 마멘키사우루스!"

나는 박물관 입구에서 입을 떡 벌리고 말았다.

표를 끊고 올라가는 길에 공룡 모형이 전시되어 있어서 아주 흥분되었다.

그런데 박물관 안으로 들어가니 지금까지 본 것은 아무것도 아니었다. 박물관 1층에 전시된 거대한 마멘키사우루스의 골격을 본 순간 정말 행복해서 하늘로 날아오를 것만 같았다.

"우리 아들 아주 신났네, 신났어."

엄마와 아빠가 웃으며 말씀하셨다.

나는 공룡을 정말 좋아한다. 작은 새만한 공룡에서부터 어마어마하게 큰 공룡까지 종류도 다양하고, 여

러 시대에 걸쳐 살아온 모습은 보기만 해도 즐겁다.

"흐억! 엄마 아빠, 여기 친타오사우루스의 골격도 있어요. 저 뿔은 우와, 어마어마하다!"

나는 박물관 여기저기를 돌아다녔다. 엄마 아빠는 공룡을 좋아하는 나를 위해 여러 박물관을 찾아다녔다. 오늘 온 곳은 쥐라기 박물관으로, 공룡 공원도 있고 공룡 화석도 아주 많다. 게다가 실제와 비슷한 모형 공룡이 소리를 내며 움직이기까지 했다.

일단 공룡 박물관에 오면 내 세상이다.

"준아, 좀 천천히 가자."

"준아, 그만 보고 얼른 가자."

엄마와 아빠는 위의 두 말만 하신다. 그래도 실컷 구경하라고 많이 참아 주신다.

거의 3시간 넘게 쉬지도 않고 3층 박물관을 다 둘러보았다. 박물관을 나올 때의 기분은 정말 최고였다. 발걸음도 가볍고 머리도 상쾌했다.

"준아, 잠깐 앉아서 음료수 좀 마시고 가자."

엄마와 아빠는 박물관에서
나오자마자 털썩 주저앉았다.
"엄마랑 아빠는 힘들어? 나
는 하나도 안 힘든데."
"공룡이 그렇게 좋니? 여기
박물관이 지난번에 갔던 곳보다
좋아?"
아빠가 물으셨다.
"응. 여기 있는 타르보사우루스랑 오비랍토르, 프로
토케라톱스 화석은 진짜래. 스테고사우루스의 꼬리가
시랑 티라노사우루스의 알도 있던걸. 아까 벨로키랍토
르 모형 봤어? 움직이는 게 진짜 같아."
내가 쉬지 않고 말하자 엄마가 말씀하셨다.
"흠, 일기에다 정리해 두면 딱 좋겠다."
그렇지 않아도 오늘은 꼭 일기를 써야 할 만큼 특별
한 날이에요, 엄마!

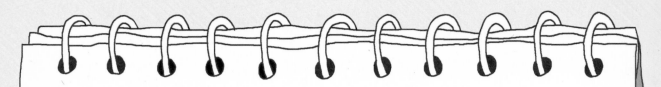

준이의 일기

날짜 : 8월 17일 일요일
날씨 : 끈적끈적한 더위
제목 : 공룡은 놀라워!

쥐라기 박물관에 다녀왔다. 안면도에 있는 박물관이라 조금 멀었다. 가는 길에 멀미를 했지만 박물관에 도착하는 순간 싹 가셨다.

공룡 공원에 있는 공룡들도 멋있었지만 내 눈을 사로잡은 것은 박물관 1층에 있는 마멘키사우루스의 뼈였다. 얼마나 큰지 머리가 2층까지 이어졌다. 마멘키사우루스는 아시아에서 발견된 공룡 가운데 가장 큰 공룡이다. 지구상에 존재했던 동물 중 목이 가장 긴 동물로, 목 길이만 15미터나 된다. 내가 가장 좋아하는 공룡이기도 하다.

1층 바닥을 유리로 만들고 그 아래에 공룡 화석 발굴 모습을 전시해 놓았다. 그리고 2층의 움직이는 공룡관은 진짜 공룡 시대에 온 듯한 착각이 들 만큼 실감났다. 아빠가 다음에는 고성 공룡 엑스포에 데려다 준다고 약속하셨다. 그 날이 빨리 왔으면 좋겠다.

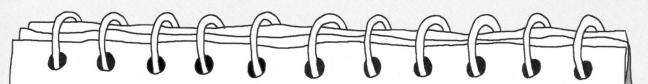

엄마가 준이에게

견학일기란?

견학일기란 미술관이나 박물관 또는 민속촌 등을 다녀와서 쓰는 일기야.

견학일기 소재 찾기

❶ 평소 경험하지 못한 곳을 다녀왔다면 모두 견학일기의 소재가 될 수 있어.

❷ 공룡 박물관은 물론이고 자연사 박물관이나 민속 박물관, 또는 미술관이나 과학관, 문학관 등도 모두 좋은 소재가 될 수 있단다.

❸ 견학일기는 주제가 잘 드러나게 써야겠지? 미술관에 다녀오고 공룡 이야기를 쓸 수는 없잖아. 견학한 곳에서 보고 듣고 느낀 점을 잘 정리해서 써 보렴.

견학일기 잘 쓰는 방법

❶ 공룡박사 준아, 박물관에 가기 전의 기분은 어땠는지, 일정이 어땠는지도 썼으면 더 좋았을 거 같아. 너무 공룡 이야기만 썼잖아.

❷ 그리고 마멘키사우루스는 너도 잘 아는 공룡이잖아. 새로 알게 된 점도 기록했으면 더 도움이 되었을 것 같아.

❸ 그래도 관람 순서대로 쓴 것은 참 잘했어. 견학일기는 시간 순서대로 쓰는 게 이해하기도 좋고 쓰기도 쉽단다.

11. 운동회를 했어요 -만화일기

　초등학교에 입학하고 첫 운동회날이다.

　유치원 때하고는 비교도 안 되었다. 1학년부터 6학년까지 모두 모여 운동회를 하니 정말 규모가 컸다.

　"운동회의 백미는 뭐니뭐니해도 점심 시간인데, 요즘은 급식으로 대신한다지?"

　운동장에 들어서면서 아빠가 말씀하셨다.

　"맞아요. 예전에는 할머니 할아버지까지 오셨는데, 요즘은 부모도 안 오는 아이가 있대요."

　엄마도 한 마디 거드셨다. 그리고 운동장을 휘이 둘러보더니 스트레칭을 하기 시작하셨다.

　"그나저나 엄마 아빠들 경기는 뭐가 있나?"

　"뭐야, 당신도 뛸 거야?"

아빠가 놀라서 묻자 엄마는 그런 아빠가 이상하다는
듯이 말씀하셨다.

"당연한 걸 뭘 물어요? 저기 본부석에 쌓인 상품들
좀 봐요. 오늘 집에 필요한 생활용품 좀 가져가야지."

나는 달리기에서 3등을 했다. 엄마는 3등 도장이 찍
힌 내 손등을 보고 고개를 저었다.

"엄마를 닮았으면 1등을 했을 텐데, 쯧쯧……."

그 때 안내 방송이 들렸다.

"운동장에 계신 학부모님께 알립니다. 잠시 후 부모
님과 함께 하는 '자루 입고 콩콩' 경기를 시작하겠습
니다. 경기에 참여하실 부모님은 본부석 앞으로 나와
주십시오."

자루 입고 콩콩 경기는 엄마 아빠가 자루 안에 같이
들어가 콩콩 뛰면서 반환점을 돌아오는 경기였다. 엄
마는 아빠 손을 잡고 부리나케 본부석 앞으로 뛰어갔
다. 아빠는 가기 싫어서 질질 끌려가는 것 같았다.

"엄마 아빠, 파이팅!"

내 응원 소리와 함께 출발 신호가 울렸다. 엄마는 자루를 야무지게 잡고 콩콩 뛰었다. 하지만 아빠는 자루도 엉성하게 잡고 엄마와 박자를 잘 맞추지도 못했다.

"어휴, 여보. 잘 좀 해 봐요!"

엄마가 소리쳤다. 처음에는 앞서가던 엄마 아빠가 점점 뒤처졌다. 반환점을 돌 때쯤에는 역전이 되고, 동시에 아빠가 넘어지고 말았다.

"아빠!"

내가 놀라서 소리쳤다. 그런데 엄마는 아빠를 밀어내고 혼자 다시 자루 속으로 들어가 경중경중 뛰어서 결승점에 들어오셨다.

"1등이다! 식용유는 내 거야!"

결승점에 들어오자마자 엄마가 크게 소리쳤다. 아빠는 쓰러져 있고, 엄마는 좋아서 팔짝팔짝 뛰시는 모습이 마치 만화에 나오는 주인공처럼 우스꽝스러웠다. 나는 창피해서 얼른 친구 뒤로 숨어 버렸다.

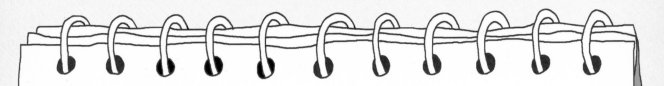

준이의 일기

날짜 : 9월 6일 토요일

날씨 : 구름 한 점 없이 맑은 하늘

제목 : 신나는 운동회

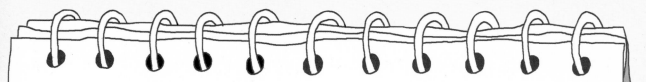

엄마가 준이에게

만화일기란?

만화일기란 하루에 일어났던 일 가운데 가장 기억에 남는 것을 짧은 만화로 그리는 일기야.

만화일기 소재 찾기

❶ 하루 동안 있었던 일 가운데 가장 재미있거나 기억에 남는 일을 떠올려 봐.
❷ 그림처럼 떠오르는 순간이 만화일기의 소재가 된단다.
❸ 만약 만화일기를 쓰고 싶은데 자신이 없다면 만화책이나 만화영화를 베껴 서 그려 보렴. 그리고 다음에는 혼자 힘으로 그려 보면 더 재미있는 만화 일기를 쓸 수 있을 거야.

만화일기 잘 쓰는 방법

만화일기는 그림으로 그리는 거니까 인물의 표정이나 배경 등을 조금 과장 해서 그리는 게 재미있단다. 준이가 엄마의 근육을 아주 잘 표현한 것처럼 말이야.

12. 보름달 보고 소원을 빌어요

-한자일기

우리 가족은 명절 때면 부산 할머니 댁에 간다.

서울에서 부산까지 가야 하니, 길이 엄청 막힌다. 이번 추석 귀성길도 만만치 않았다. 보통 4시간이면 가는 길을 7시간 가까이 걸려 도착했다.

가는 길이 고생스럽기는 하지만 오랜만에 할머니 할아버지와 사촌누나, 형들을 만날 수 있어서 좋다.

"아이고, 우리 강아지 왔나!"

할머니 앞에서는 내 이름도 '준'이 아니라 '강아지'가 된다.

할머니 댁에 도착하자마자 엄마는 옷을 갈아입고 음식 준비를 하셨다. 나도 송편을 빚고 있는 할머니와 사촌형, 누나 틈에 끼어앉았다.

"형, 누나. 나도 만들래."

"너도 송편 만들 줄 알아? 어디 솜씨 한번 보자."

나는 반죽을 조금 떼어 쪼물거리며 송편을 만들었다. 내 송편을 보고 사촌형이 웃으며 말했다.

"우하하, 준이 송편은 만두 같다. 송편을 예쁘게 빚어야 이 다음에 예쁜 딸 낳는다던데, 준이는 만두처럼 생긴 애 낳겠다."

"정말? 그런데 형 송편은 못난이 감자떡 같다. 어떻게 해? 크크크!"

"뭐야? 요 녀석이~!"

우리는 즐겁게 송편을 만들었다.

추석날 아침에는 차례를 지냈다. 차례를 지내고 난 후, 할아버지가 차례상을 보며 말씀하셨다.

"준아, 잘 봐라. 차례상은 아무렇게나 놓는 게 아니란다. 어려워 보이지만 몇 가지만 기억하면 돼. 홍동백서, 즉 붉은과일은 동쪽에, 흰색 과일은 서쪽에 놓고, 어동육서, 즉 생선은 동쪽에, 육류는 서쪽에 놓으며,

조율이시, 즉 동쪽에서부터 대추, 밤, 배, 감 순으로 놓는 것이란다."

"어휴, 애한테 뭘 그리 어려운 걸 가르쳐요. 크면 어련히 알까. 어서 아침 먹고 성묘나 가요."

할머니가 할아버지에게 말씀하셨다.

"어허, 어렵기는 뭐가 어려워. 한자만 알면 바로 아는 건데."

그 때 엄마가 나에게 귓속말을 하셨다.

"할아버지 말씀대로 한자만 알면 쉬워. 아까 할아버지가 하신 말씀을 일기에 써 봐. 한자일기 말이야."

아, 보름달님. 제발 우리 엄마 좀 말려 줘요~!

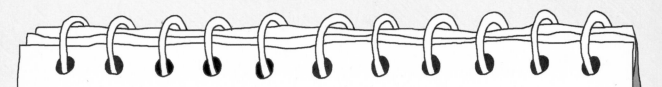

준이의 일기

날짜: 9월 18일 목요일
날씨: 보름달만 겨우 보인 날
제목: 차례를 지냈어요

秋夕이다. 부산까지 내려가는데 길이 막혀 7時間이나 걸렸다. 그래도 오랜만에 할아버지, 할머니 그리고 큰아빠와 큰엄마, 형, 누나를 만나서 반가웠다.

秋夕이라서 송편도 만들었다. 송편을 예쁘게 빚어야 예쁜 딸을 낳는다고 한다. 그런데 四寸兄이 내 송편은 만두 같다며 이 다음에 만두처럼 생긴 아이를 낳으면 어쩌나 걱정이다.

할아버지가 차례상 차리는 方法도 알려 주셨다. 붉은과일은 동쪽, 하얀과일은 서쪽이라는 紅東白西, 생선은 동쪽, 육류는 서쪽이라는 魚東肉西는 쉬운데, 동쪽부터 대추.밤.배.감 순으로 놓는다는 조율이시(棗栗梨柿)는 조금 어렵다. 그래도 저렇게 긴 말을 漢字 네 자로 정리할 수 있다니 참 신기했다.

 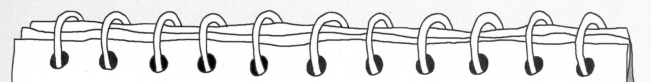

엄마가 준이에게

한자일기란?

한자일기란 한자로 쓰는 일기를 말해. 한자도 익힐 수 있어 일석이조란다.

한자일기 소재 찾기

❶ 우리말에는 한자어가 참 많단다. 신문이나 교과서에서 한자어들을 찾아 한자를 써 보자.
❷ 또는 오늘 배운 한자를 중심으로 써 보는 것도 좋아. 生이라는 글자를 배웠다면 生日 또는 一生이라는 단어를 쓸 수 있겠지.
❸ 좀더 나아가 사자성어나 고사성어가 생긴 이야기를 써 보는 것도 재미있을 거야.

한자일기 잘 쓰는 방법

❶ 아직 한자를 많이 알지는 못할 거야. 그래도 제법 한자로 썼구나.
❷ 한자는 자꾸 써 버릇해야 몸에 익어서 내 것이 된단다. 처음부터 완벽하게 쓰려고 하지 말고, 아는 글자부터 차근차근 시작하렴. 한자일기를 쓰면 저절로 한자 공부가 될 거야.

13. 내 방에도 요정이 찾아왔으면

-독서일기

"택배요!"

택배아저씨가 가자마자 나는 얼른 엄마에게 달려갔다.

"엄마, 뭐야?"

나는 혹시 엄마가 깜짝 선물을 준비한 게 아닐까 싶어 물었다. 만약 그렇다면 멋지게 깜짝 놀라는 척해 줘야지!

"준이 선물."

앗싸! 그럴 줄 알았어. 나는 신이 나서 더욱 들뜬 목소리로 말했다.

"정말? 고마워 엄마. 그런데 선물이 뭐야, 엄마?"

"응, 바로바로… 책!"

이런! 나는 대실망하고 말았다. 깜짝 선물이라면 좀 멋진 장난감 같은 것이 더 좋은데 말이다.

내가 실망을 하든 말든 이번에는 엄마가 들떠서 말씀하셨다.

"준이가 좋아할 줄 알았어. 엄마랑 같이 일하고 있는 출판사 분한테 네 이야기를 했더니 책 몇 권 보내 준다고 했거든."

"아, 네… 고맙습니다."

나는 건성으로 대답하고 한 권을 손에 들었다. 책 제목만 봐도 정말 재미없어 보였다.

〈꼬마요정과 구둣방 할아버지〉.

"이게 뭐야, 요정이라니? 이건 여자애들이나 보는 책이잖아."

"얘는, 여자애들이나 보는 책이 어디 있어? 책은 다 같이 보는 거지. 손에 든 김에 읽어 봐."

엄마 말씀에 나는 입을 삐죽 내밀었다. 그리고 그 자리에서 책을 펼치고 읽었다.

처음에는 읽는 척이나 해야지 했다가 나도 모르게 이야기에 빠져들었다. 그림책이라 그림도 예쁘고 두껍지 않아 그 자리에서 금방 다 읽었다.

"우와, 나도 요정이 있으면 좋겠다."

"요정 이야기는 시시하다더니, 아닌가 보네?"

"응, 생각보다 재미있어. 다른 것도 읽어 볼까?"

내가 나머지 책을 뒤적이자 엄마가 말씀하셨다.

"읽고 나서 독서록도 써."

"아, 엄마. 독서록은 또 왜~."

내가 얼굴을 찡그리자 엄마가 웃으며 말씀하셨다.

"그냥 일기에 써. 독서일기라고 하면 되겠다. 독서록도 쓰고 일기도 쓰고, 일석이조잖아. 우와, 이런 생각을 다하다니 엄마는 정말 천재다. 그치?"

네네, 그렇고 말고요……. ^^;

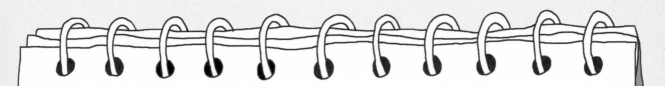

준이의 일기

날짜 : 10월 8일 수요일
날씨 : 쌀쌀, 가을인가 봐!
제목 : 책맛이 읽어야지!

엄마가 아시는 출판사에서 택배로 책을 보내왔다. 나한테 주는 선물이라고 했다. 그림 동화책 5권 가운데 우연히 〈꼬마요정과 구둣방 할아버지〉라는 책을 가장 먼저 들었다.

요정이나 공주 이야기는 시시하다. 제목만 보고 여자아이들이 좋아하는 이야기라고 생각했다. 그런데 이 책은 정말 재미있었다.

꼬마요정이 가난한 구둣방 할아버지를 위해 매일 밤 몰래 구두를 만들어 놓았다. 착한 구둣방 할아버지는 요정 덕분에 부자가 되었고, 구둣방 할머니는 요정들을 위해 옷을 만들어 주었다. 그림도 예뻐서 금방이라도 요정이 책밖으로 튀어나올 것만 같았다.

내가 잠든 사이에 요정이 나타나 내가 할 일을 다 해 주면 얼마나 좋을까? 내 방에도 요정이 나타났으면 좋겠다.

엄마가 준이에게

독서일기란?

독서일기란 책을 읽고 나서 느낀 점을 쓰는 일기야. 본격적인 독서록쓰기 연습도 할 수 있단다.

독서일기 소재 찾기

❶ 동화책이든 위인전이든 과학책이든 책을 읽고 쓰면 뭐든 독서일기가 될 수 있어. 만화책이나 동시집도 충분히 독서일기 소재가 될 수 있단다.

❷ 무슨 책이든 읽고 난 후에 내용을 정리한다든지 느낌을 적으면 모두 독서일기가 될 수 있어.

독서일기 잘 쓰는 방법

❶ 독서일기도 형식을 자유롭게 쓸 수 있어.

❷ 준이처럼 내용과 느낌을 정리해도 되고, 주인공에게 편지를 쓰거나, 나라면 어떻게 했을까 등을 상상해서 써도 된단다. 다음에는 조금 다른 형식의 독서일기도 써 보렴.

14. 최고의 생일 파티를 했어요

-사진일기

"준아, 너 생일 얼마 안 남았지?"

작년에 유치원에 같이 다닌 하영이가 물었다.

하영이가 내 생일을 기억하고 있다니 정말 기뻤다.

"어, 기억하고 있구나? 다음 주 화요일이야."

"그러면 생일 파티는 주말에 하겠네? 초대해 줄 거지?"

"물론이지! 와, 무조건 와! 꼭 오는 거다?"

그 때 하영이랑 같이 있던 소현이가 물었다.

"준이 생일이야? 나도 가도 돼?"

"물론이지! 파티는 친구가 많을수록 좋으니까."

이 때 나는 이 한 마디가 앞으로 어떤 일을 불러올지 상상도 못했다.

"그러면 태호도 불러도 돼? 그리고 옆반 재연이도 너랑 친하게 지내고 싶대. 같이 가도 될까?"

우와, 내 생일을 기억해 주는 친구에 나랑 친해지고 싶은 친구까지 있다니 정말 신이 났다.

"물론. 나랑 친해지고 싶은 사람은 누구든 와도 돼."

"진짜 다 간다? 그러면 토요일에 봐."

그렇게 내 생일 파티는 이번 주 토요일로 정해졌다.

집에 와서 엄마에게 말씀드렸더니 엄마는 눈썹을 찡그리셨다.

"미리 말 좀 해 주지. 엄마, 일 때문에 바쁜데. 몇 명이나 초대했어?"

"소현이랑 하영이, 태호 그리고 재연이인가? 많아도 열 명은 안 될 거야."

나는 어림잡아 말씀드렸다.

"알았어. 그러면 그냥 피자랑 치킨 시켜서 간단히 먹자. 엄마가 정말 바빠서 그래."

"앗싸! 그러면 친구들 오라고 할게. 고마워 엄마!"

드디어 토요일! 12시가 되자 초인종에 불이 났다. 하영이와 소현이를 초대할 때 한 말이 반 전체에 퍼져서 내가 직접 초대하지 않은 아이들까지 모두 온 것이다. 스무 명이 넘었다. 엄마는 배달 전화를 계속 걸어야 했다.

내가 엄마 눈치를 보든 말든 친구들은 신나게 뛰어놀았다. 친구들이 돌아가자 거실이며 내 방이며 온전한 곳이 없었다.

"하~ 완전 전쟁터구나."

엄마는 생일 케이크를 앞에 두고 친구들과 찍은 사진을 보며 말씀하셨다.

"정말 잊을 수 없는 생일이다. 이 사진은 고이 간직하게 일기장에 붙여 놓고 일기 쓰렴."

"네."

오늘만큼은 정말 엄마한테 고맙고 미안했다. 나는 얌전하게 대답하고 엄마랑 같이 거실을 치웠다.

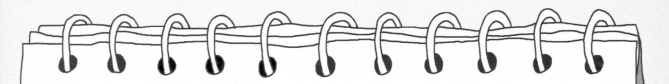

준이의 일기

날짜: 10월 19일 토요일
날씨: 내 기분처럼 높고 푸른 하늘에 단풍도 최고!
제목: 신나는 생일 파티

생일 파티를 했다. 친구들이 내 생일을 기억해 준 게 너무 기뻐서 앞뒤 생각도 않고 친구들을 초대했다.

그런데 친구들이 생각보다 너무 많이 왔다. 초인종은 계속 울리고, 엄마는 배달 전화를 계속 걸어야 했다.

나는 친구들과 치킨도 먹고 피자도 먹고 음료수도 마시며 신나게 놀았다. 집에서 한참 놀다가 나중에는 아파트 놀이터에서 어둑어둑해질 때까지 뛰어놀았다.

친구들이 돌아간 후 함께 찍은 사진을 보았다. 엄마는 마치 우리 반 학급사진 같다고 하셨다.

친구들이 스무 명 넘게 와서 엄마한테 죄송했지만, 환하게 웃고 있는 친구들을 보니 초대하기를 정말 잘한 것 같다.

엄마가 준이에게

사진일기란?

사진일기란 더 생생하게 표현하거나 더 오랫동안 기억하기 위해 사진을 붙이고 쓰는 일기야.

사진일기 소재 찾기

❶ 사진일기에는 우선 사진이 필요하니까 무언가 기념이 될 만한 날, 또는 장소를 소재로 삼는 것이 좋을 거야.

❷ 특별한 장소에 간 사진이나 여행 사진도 좋은 소재가 되겠지? 생일 파티나 졸업식, 또는 어렸을 때 사진이나 엄마 아빠의 옛날 사진도 좋은 소재가 될 거야.

사진일기 잘 쓰는 방법

❶ 사진 한 장에는 수많은 이야기가 숨어 있단다.

❷ 준이 생일 파티 사진을 다른 사람이 보면 친구들을 많이 초대했구나 할 거야.

❸ 하지만 준비도 제대로 안 된 상태에서 엄마가 얼마나 힘들었는지 알지? 사진 설명에 그 뒷이야기도 적으면 나중에 사진 속에 담긴 많은 추억도 기억할 수 있을 거야.

15. 어른이 된 나를 상상해요
-상상일기

　엄마가 감기에 걸리셨다. 지난 주에 원고 마감 때문에 며칠 밤을 새우시더니 크게 탈이 난 것 같다.
　"준아, 엄마 해열제 좀 갖다 줄래? 콜록, 콜록!"
　엄마는 침대에 누워서 꼼짝을 못하신다. 열도 많이 나고 기침도 심하다.
　"그러게 엄마, 일찍 자고 일찍 일어나라고 했지. 식사도 제때 제때 하고."
　나는 약과 물컵을 가져다 드리면서 말했다.
　"엄마, 밥은 먹고 약 먹는 거야? 빈 속에 약 먹으면 안 돼."
　"콜록, 콜록! 어째 오늘은 네 잔소리가 더 심하다?"
　엄마가 얼굴을 찡그리며 말씀하셨다. 그러고 보니

지금 내가 한 말은 모두 평소에 엄마가 내게 하시는 말이다. 오호, 잔소리가 이런 것이었군!

"지금 잔소리 안 하게 생겼어! 어휴, 규칙적인 생활을 하고 운동을 해야 감기에 안 걸리지. 애도 아니고 정말!"

"아, 몰라 몰라. 병원이나 가야겠어."

엄마는 대충 옷을 챙겨 입었다. 나도 얼른 옷을 챙겨 입고 따라나섰다.

"너도 가게?"

"당연하지. 오늘은 내가 엄마 보호자입니다."

"홋, 이 다음에 준이가 어른이 되어 엄마를 부축해 줄 상상을 하니 재미있다. 그 때는 엄마보다 키도 더 크겠지?"

병원에 가는 동안 엄마는 어른이 된 나의 모습을 상상하셨다. 내가 어른이 되면 엄마는 할머니가 될 테고, 그러면 힘이 없을 테니 내가 잘 돌봐 드려야겠다고 생각했다.

"약 잘 챙겨 드시고 아드님한테 옮기지 마세요. 참, 아드님은 독감 예방접종 했나요?"

"아, 아뇨. 아직 안 했어요."

"그러면 오늘 온 김에 맞고 가세요. 지금 맞아 둬야 겨우내 감기로 고생하지 않죠?"

의사선생님이 웃으며 말씀하셨다.

헉! 이게 무슨 날벼락이야?

"선생님, 저는 엄마를 보호해야 하기 때문에 오늘은 주사를 맞을 수가 없어요."

나는 되도록 침착하게 말씀드렸다. 그러자 엄마가 낮은 목소리로 말씀하셨다.

"준아, 아무 말 말고 소매 걷어라."

결국 엄마 보호자로 병원에 온 내가 독감 예방접종을 하고 말았다.

"히잉~ 이게 뭐야!"

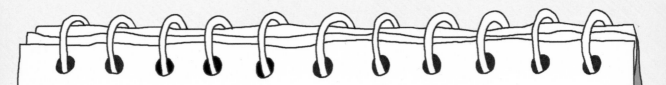

준이의 일기

날짜 : 11월 6일 일요일

날씨 : 잔뜩 흐림

제목 : 25년 후의 나

지금은 2038년, 요즘 날씨가 갑자기 추워져서 그런지 감기 환자가

정말 많다. 그리고 독감 예방접종 때문에 오는 아이들도 많다.

엄마도 다녀가셨다. 여전히 원고 쓰느라 바쁘시다.

제발 규칙적인 생활을 해야 건강할 텐데 걱정이다.

문득 초등학교 1학년 때 엄마가 감기에 걸렸던 때가 생각났다.

그 날, 엉겁결에 독감 예방주사를 맞았던 기억도 났다.

그 때 맞은 주사가 너무 아파서 나는 어른이 되면 새로운 주사기를

발명하겠다고 결심했다. 그리고 그 결심대로 주사 바늘 없는 주사기

를 만들었다. 이제 주사맞기 싫어하는 아이는 없다.

하지만 여전히 손을 잘 씻지 않거나 규칙적인 생활을 하지 않으면

감기에 걸린다. 아무리 과학이 발달했어도 건강을 잘 돌보지 않으면

병에 걸리는 것은 어쩔 수 없다.

엄마가 준이에게

상상일기란?

상상일기란 실제로 일어나지 않은 일을 상상해서 쓰는 일기야.

상상일기 소재 찾기

❶ 한번쯤 마음껏 상상해 보렴. 나는 어떤 어른이 되어 있을까, 내 친구들은 어떻게 변해 있을까?

❷ 또는 내가 좋아하는 스타를 만난다면, 외계인을 만나거나 우주에 간다면? 등등 앞으로 일어날 일이나 일어나기 어려운 일들을 상상해 보렴. 상상하다 보면 상상일기를 쓸 만한 소재가 아주 많이 떠오를 거야.

상상일기 잘 쓰는 방법

❶ 일단 마음껏 상상하는 거야. 이렇게 써도 될까? 이런 일이 정말 일어날까? 의심하며 쓴다면 정말 재미없겠지.

❷ 준이는 의사가 되는 상상을 했구나. 준이가 발명했다는 주사기는 정말 안 아프겠는걸. 이왕이면 준이의 진료실도 설명해 주었으면 좋았겠다. 미래의 병원 진료실은 어떻게 생겼을지 궁금하거든.

16. 나랑 엄마는 몇 촌일까?
─마인드맵일기

"엄마, 오늘 우리가 가는 돌잔치가 그러니까……."

내가 말을 더듬자 엄마가 짜증스럽게 말씀하셨다.

"어휴, 몇 번을 말해 줘. 엄마 사촌 여동생의 딸 돌잔치라고. 그러니까 엄마의 작은아버지의 막내딸의 딸, 은수 돌잔치라고."

이렇게 복잡하게 말씀하시는데 내가 어떻게 기억한담?

엄마와 나의 대화를 듣고 운전을 하던 아빠가 웃으며 말씀하셨다.

"준아, 이렇게 말하면 이해하기 쉽겠다. 큰아빠네 누나 있지? 이 다음에 그 누나가 낳은 아이 돌잔치에 준이가 아이를 데리고 가는 거야."

"아빠 말이 더 복잡해."

나는 입을 삐죽 내밀고 대답했다. 엄마의 작은아버지의 딸의 딸이라니, 너무 복잡하다.

돌잔치에는 외할머니, 외할아버지 말고도 엄마 친척들이 많이 와 있었다. 나는 분위기가 어색해 엄마 뒤만 졸졸 쫓아다녔다.

엄마 아빠와 함께 돌잔치의 주인공을 보러 갔다. 그런데 우리보다 앞서 어떤 아주머니가 아이들을 데리고 와 엄마의 사촌 여동생에게 말했다.

"미정아, 축하해. 애들아, 언니한테 인사해야지?"

그러자 엄마의 표정이 조금 안 좋아졌다.

그 때 옆에 있던 할아버지가 말씀하셨다.

"아니, 은수 어멈이 아무리 어리다고 해도 엄연히 네 사촌 시누이인데 그렇게 이름을 부르면 쓰나. 그리고 은수 어멈을 언니라고 부르라니. 네 애들한테 종이모인데, 언니가 뭐야?"

어른이 꾸짖자 엄마가 아빠 옆구리를 쿡 찌르며 말

씀하셨다.

"저 언니, 미정이가 자기 막내동생보다 어리다고 막 이름 부르더니, 혼날 줄 알았어."

그 모습을 보고 나는 엄마에게 여쭤 보았다.

"그런데 엄마, 종이모가 뭐야? 그냥 이모랑 달라?"

엄마는 잠깐 생각을 하더니 대답하셨다.

"가만 있어 보자, 엄마의 여동생인 이모는 너랑 3촌 이고 종이모는 그러니까 너랑 5촌인가……?"

"무슨 친척이 5촌까지 있어?"

그러자 엄마가 좋은 생각이 났다는 듯 말씀하셨다.

"아, 그러지 말고 오늘 일기는 친척들의 호칭을 그림으로 그려 보자. 마인드맵으로 그리면 알 기 쉽지 않을까?"

돌잔치에 와서도 일기 생각뿐이라니, 역시 우리 엄마답다~.

준이의 일기

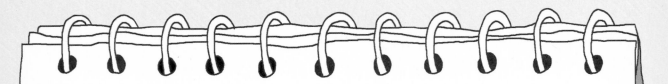

날짜 : 11월 16일 토요일

날씨 : 안개비가 내리더니 낮에는 해님

제목 : 촌수는 너무 어려워

엄마의 사촌 여동생의 딸인 은수 돌잔치에 다녀왔다. 은수는 외할머니의 남동생의 딸의 딸이라고 한다. 친척은 4촌만 있는 줄 알았는데, 5촌, 6촌도 있다고 한다. 그러고 보니 '사돈의 팔촌'이라는 말도 들은 것 같다. 그런데 돌잔치에 온 손님 가운데 호칭을 잘못 불러 혼나는 어른을 보았다. 촌수에 따라 호칭도 다르고, 나이가 어려도 높여서 불러야 한다고 한다. 이번 기회에 가까운 친척들의 호칭을 잘 정리해 두어야겠다.

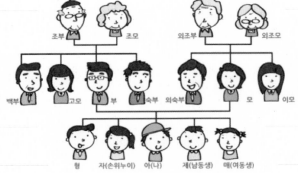

엄마가 준이에게

마인드맵일기란?

마인드 맵 일기란 그 날 있었던 일 가운데 가장 생각나는 일이나 내용을 그림과 기호로 연결해서 쓰는 일기야.

마인드맵일기 소재 찾기

❶ 일상생활의 모든 것이 마인드맵일기의 소재가 될 수 있어. 공부한 내용도 마인드맵으로 정리할 수 있고, 친구 관계도 마인드맵으로 만들 수 있단다.

❷ 예를 들면 너랑 소현이랑 짝이고, 소현이는 하영이랑 단짝이지. 하영이는 태호랑 짝이고. 그렇게 친구 관계를 마인드맵으로 정리할 수 있단다.

❸ 아니면 교실을 중심으로 학교에 어떤 시설이 있는지 표시해 보렴. 쉽게 정리되고 한눈에 알아볼 수 있을 거야.

마인드맵일기 잘 쓰는 방법

우리나라는 친인척을 부르는 호칭이 조금 복잡해. 그래도 이것저것 찾아보더니 잘 정리했구나. 다음에 다른 것도 마인드맵일기로 잘 정리해 보자.

17. 복을 담아 만두를 만들어요
-요리일기

  오늘은 외할머니 댁에서 만두를 만들기로 했다.

  매번 외할머니가 만들어서 보내 주셨는데 이번에는 우리 가족이 외할머니 댁에서 같이 만들기로 했다.

  만두를 좋아하지만 만드는 것은 처음이었다.

  "김치에 당면, 돼지고기, 두부, 채소까지 우와~ 만두소에 이렇게나 많이 들어가요?"

  내가 놀라서 입을 쩍 벌리자 외할머니가 웃으며 말씀하셨다.

  "그럼. 만두소는 이렇게 하고, 만두피는 힘이 센 사람이 반죽해야 쫄깃하지."

  외할머니 말씀에 아빠가 만두피 반죽을 시작하셨다. 그리고 엄마와 아빠가 반죽을 조금씩 떼어 동그랗게

밀면, 외할아버지 외할머니 그리고 내가 만두를 만들었다.

"아이고, 이 양반이 또 왕만두를 만드네. 작게 좀 만들어요."

외할머니가 외할아버지에게 말씀하셨다. 정말 외할아버지 만두는 어른 손바닥만 했다. 외할머니가 만든 만두보다 족히 두 배는 되어 보였다.

"모르는 소리. 만두는 커야 맛있지. 만두가 커야 복스럽게 먹고, 그래야 복이 들어오는 거야."

그 때 갑자기 엄마가 숨죽여 웃기 시작하셨다.

"큭큭큭."

"얘가 갑자기 왜 이래? 허파에 바람이라도 들었니?"

외할머니가 묻자 엄마는 아예 깔깔대며 웃었다.

"호호호, 갑자기 준이 아빠가 처음 우리 집에 인사왔을 때가 생각나서요. 그 때 아버지한테 잘 보이려고 만두를……."

그러자 외할머니와 외할아버지도 소리내어 웃기 시

작하셨다. 아빠만 얼굴이 새빨개지셨다.

"왜요, 왜요?"

내가 궁금해서 여쭙자 외할머니가 말씀하셨다.

"엄마랑 결혼하기 전에 네 아빠가 인사를 왔어. 이 할미가 만두를 쪄 줬는데 외할아버지가 네 아빠한테 만두를 참 복스럽게 먹는다고 칭찬한 거야. 그랬더니 네 아빠가 앉은 자리에서 만두를 스무 개나 먹었단다. 그리고 일어나는데 걸을 때마다 방귀를 뿡뿡뿡! 움직일 때마다 뿡뿡뿡! 뿡뿡뿡! 오호호호호~!"

외할아버지와 외할머니 그리고 엄마는 그 때 생각을 떠올리며 배를 잡고 웃으셨다.

나도 아빠의 모습을 상상하니 웃음이 절로 나왔다.

아빠만 얼굴이 뻘개져서 애꿎은 만두피만 팍팍 밀고 있었다.

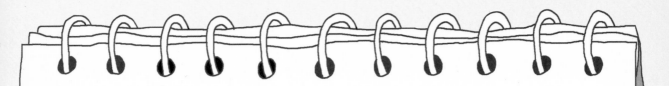

준이의 일기

날짜 : 12월 15일 일요일

날씨 : 온 세상이 냉동고가 된 것같이 엄청 춥다

제목 : 만두 만들기에 도전!

외할머니 댁에서 만두를 만들었다.

만두소를 만들려면 김치와 돼지고기, 두부, 당면 그리고 여러 가지

채소가 필요하다. 그 많은 재료를 다지고 잘게 썰어 모두 섞는다.

그리고 만두피는 직접 밀가루를 반죽해서 만들었다. 원래는 하루 전

에 반죽해서 숙성시키는 것이 좋은데 이번에는 시간이 없어서 바로

반죽해 만두피를 밀었다.

만두는 속을 너무 많이 넣으면 터질 수 있다. 적당하게 넣어야 쪘을

때도 예쁜 만두를 먹을 수 있다. 이렇게 만두를 만드는 데는 재료도

많이 들어가고 시간도 많이 걸린다. 그래서 더 맛있는 것 같다.

외할머니 댁에서 실컷 먹고 잔뜩 싸가지고 왔다.

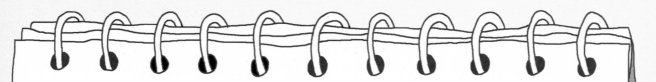

엄마가 준이에게

요리일기란?

요리일기란 음식을 직접 만들거나 먹어 보고 느낀 점을 쓰는 일기야.

요리일기 소재 찾기

❶ 직접 또는 부모님과 함께 요리를 했다면 뭐든 요리일기 소재가 될 수 있어.

❷ 볶음밥 만든 것, 달걀말이 한 것, 아니면 소풍 때 엄마가 싸 준 김밥도 재미있는 요리일기의 소재가 되겠다.

❸ 명절 때 먹은 차례 음식이나 여행지에서 먹은 색다른 음식으로도 요리일기를 쓸 수 있지. 요리하는 과정을 써 보는 것도 좋겠구나.

요리일기 잘 쓰는 방법

❶ 요리일기는 요리한 순서대로 적는 것이 좋아. 그래야 정리도 잘 되고 다음에 요리할 때 참고도 할 수 있으니까.

❷ 그런데 준이 일기는 조금 더 자세하게 썼으면 좋았을 것 같아. 요리 과정을 잘 관찰하여 자세하고 정확하게 쓴다면 나중에 설명하는 글도 잘 쓸 수 있게 된단다.

18. 크리스마스 선물 -편지일기

"정말? 정말 가짜였단 말이야?"

"응. 너희들 몰랐어? 산타할아버지는 가짜였어."

우리는 하영이 말에 깜짝 놀랐다.

우리 집에 모여 며칠 앞으로 다가온 크리스마스에 대한 이야기를 하던 참이었다.

"산타할아버지가 가짜라니, 이럴 수가⋯⋯."

태호도 꽤 놀란 눈치였다. 수현이는 금세 두 눈이 빨개지더니 울먹이며 말했다.

"아니야. 진짜 산타할아버지였어. 빨간옷을 입고 수염도 났잖아."

수현이 말에 하영이는 우습다는 듯이 말했다.

"너 정말 순진하다. 우리 유치원에 온 산타할아버지

는 체육 선생님이 분장한 거야."

나와 하영이, 태호 그리고 수현이는 같은 유치원에 다녔다. 그리고 해마다 산타할아버지한테 선물을 받았다. 그러면서 산타할아버지가 체육 선생님이었다는 사실을 몰랐다니!

"그러면 산타는 없는 거야? 다 거짓말이란 말이야?"

태호가 묻자 하영이는 고개를 저었다.

"그건 아니야. 산타할아버지가 없다면 크리스마스날에 선물도 못 받았겠지. 내 말은 유치원에 온 산타가 가짜라는 거야."

그리고 하영이는 조금 심각한 얼굴로 말했다.

"문제는 가짜 산타할아버지한테 받고 싶은 선물을 말하면 진짜 산타할아버지가 주셨는데, 올해는 그 가짜 산타할아버지를 만날 수가 없으니 그게 문제야."

"헉, 그러면 선물을 못 받을 수도 있는 거야?"

태호가 걱정스럽게 물었다. 그 때였다.

"편지를 쓰면 되겠네."

언제 왔는지 엄마가 다가와 말씀하셨다.

"깜짝이야! 엄마, 우리 이야기 다 들었어? 너무해!"

내가 소리치자 엄마는 웃으며 말씀하셨다.

"그것보다 산타할아버지한테 선물받는 게 더 중요하지 않아?"

선물이라는 말에 우리는 두 눈을 반짝였다.

"모두 산타할아버지한테 받고 싶은 선물을 편지일기로 써 보렴. 작년에는 유치원에 온 산타할아버지한테 말했다면서? 초등학교에는 산타할아버지가 안 오실 테니까, 일기장에 편지를 써 두면 보시지 않을까?"

엄마 말씀에 우리는 서로 마주보며 고개를 끄덕였다. 어쩌면 그럴지도 모른다는 생각이 들었다.

좋았어! 오늘은 편지일기다!

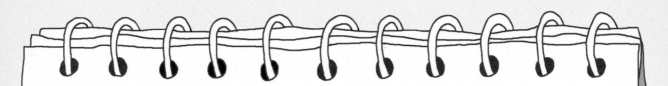

준이의 일기

날짜 : 12월 23일 토요일

날씨 : 칼바람이 쌩쌩, 하늘에는 눈구름이 가득

제목 : 산타할아버지께

산타할아버지, 안녕하세요? 저는 준이라고 해요.

저는 올해 초등학생이 되었어요.

유치원 친구들하고 헤어졌지만, 더 많은 친구들을 만나서 좋아요.

친구들하고 사이좋게 지내고 엄마 말씀도 잘 듣고 있어요. 학습지도

매일매일 하구요. 콩과 가지를 안 먹는 것은 조금만 기다려 주세요.

저도 노력하고 있으니 곧 먹을 수 있을 거예요.

작년에는 산타할아버지가 로봇을 선물해 주셔서 정말 고마웠어요.

이번에는 진짜 소리가 나는 청진기를 갖고 싶어요.

왜냐하면 저는 의사가 되고 싶거든요. 청진기를 선물받으면 앞으로

더 착하고 씩씩한 준이가 될게요.

그러면 산타할아버지, 감기 조심하시고 안녕히 계세요.

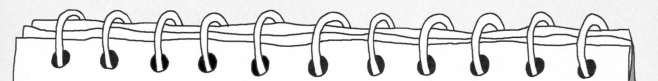

엄마가 준이에게

편지일기란?

편지일기란 어떤 대상에게 편지를 쓰듯이 쓰는 일기야.

편지일기 소재 찾기

❶ 오랫동안 만나지 못한 친구, 또는 싸워서 사이가 나빠진 친구에게 일기를 써 보렴. 아니면 책을 읽고 난 후 주인공에게 쓰는 것도 좋겠구나.

❷ 아, 미래의 나에게 쓰는 편지는 어떨까? 부칠 수 없는 편지라면 일기장에 써 놓는 것이 가장 좋을 거 같아. 나중에 읽어 보면 그 때의 기분과 감정을 고스란히 느낄 수 있으니까.

❸ 아니면 엄마 아빠한테 편지를 써 드리면 감동받을지도 모르지.

편지일기 잘 쓰는 방법

❶ 진짜 소리가 나는 청진기를 갖고 싶다니, 산타할아버지가 놀라겠다. 산타할아버지한테 하고 싶은 말은 다 썼네.

❷ 그런데 이왕이면 산타할아버지의 안부도 묻고 그랬으면 좋겠다. 다음에는 정말 제대로 된 편지일기뿐만 아니라 편지도 써 보자.

19. 얼음낚시를 갔어요 −체험일기

"날씨도 추운데 무슨 낚시야?"

얼음낚시터로 가는 차 안에서 나는 툴툴거렸다.

"네가 아직 낚시의 맛을 몰라서 그래. 이번에 손맛을 알면 또 간다고 할 거다."

아빠가 들뜬 목소리로 말씀하셨다.

"오늘 누가 더 많이 잡나 내기하자."

엄마도 덩달아 들떠 계셨다. 우리 가족 가운데 나만 입이 쑥 나와 있었다.

얼음낚시터에 도착하니 사람이 꽤 많았다.

"이런, 벌써 사람들이 많이 왔네. 좋은 자리 차지하려면 서둘러야 해!"

아빠는 의자와 낚싯대를 들고 서둘러 뛰어가셨다.

이곳 저곳 둘러보시던 아빠는 드디어 적당한 얼음구멍 앞에 의자를 펴고 낚싯대를 드리웠다.

"준아, 이렇게 낚싯대를 위아래로 올렸다내렸다하면 송어들이 지나가다가 물 거야. 그 때 휙 낚아채면 돼."

아빠가 설명해 주셨다. 하지만 낚시를 처음 해 보는 거라 아빠 말씀이 잘 이해되지 않았다.

"얼음 때문에 물이 보이지도 않는데 송어가 낚였는지 어떻게 알아?"

"해 보면 알게 돼."

아빠는 그렇게 말씀하시고 낚싯대를 위아래로 움직였다. 엄마도 나도 아빠 따라 낚싯대를 살짝살짝 움직였다.

그렇게 한 시간이 지나고 두 시간이 지났다. 우리 옆에서 낚시하던 사람들은 한두 마리씩 잡기 시작했다. 하지만 우리 셋은 한 마리도 잡지 못했다.

"아빠, 이게 뭐야. 심심해. 춥고 배고파."

"준아, 조금만 참아. 한 마리만 잡고 밥 먹자."

118

내가 한숨을 푹 쉬는 그 때였다. 갑자기 낚싯대가 아래로 쑥 내려갔다.

"엇!"

나는 깜짝 놀라 낚싯대를 위로 번쩍 들었다. 송어였다. 송어가 내 낚싯대에 걸린 거였다.

"아빠! 송어야!"

"준아! 우와~!"

아빠와 나는 낚싯대를 잡고 얼음 위에서 방방 뛰었다.

"아빠 말대로 손끝에 뭔가 느낌이 들어서 휙 올렸어. 그랬더니 송어가 잡혔어!"

"것 봐. 아빠 말이 맞지? 이야, 처음치고는 정말 큰 놈이 걸렸는데?"

아빠가 낚싯대를 정리해 주셨다.

"송어도 잡았으니까 이제 밥 먹으러 가자."

엄마가 말씀하시자 아빠와 나는 동시에 소리쳤다.

"한 마리만 더 잡고!"

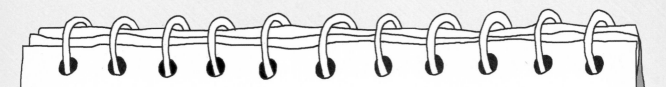

준이의 일기

날짜 : 1월 5일 토요일

날씨 : 얼음이 녹을까 걱정될 만큼 따사로운 햇살

제목 : 엄마 아빠와 얼음낚시를 갔다

추운 겨울에, 그것도 얼음 위에서 낚시를 한다니 별로 내키지 않았다.

하지만 아빠는 일단 해 보면 재미있을 거라고 하셨다.

얼음낚싯대는 별로 길지 않다. 내 팔보다 조금 긴 정도이다. 하는 방

법도 어렵지 않다. 낚싯대에 가짜미끼를 달고 얼음 구멍에 넣은 뒤

위아래로 움직이기만 하면 된다.

그렇게 한두 시간 정도 지나 도저히 참을 수 없을 때, 낚싯대에 묵직

한 느낌이 들었다. 나는 재빨리 낚싯대를 위로 번쩍 들어올렸다. 그랬

더니 낚싯대 끝에 송어가 대롱대롱 매달려 있었다. 아빠가 왜 낚시를

재미있다고 하시는지 알 것 같았다.

지금도 송어가 낚싯대에 걸린 그 순간의 느낌을 잊지 못하겠다. 비록

한 마리밖에 잡지 못했지만 다음에는 더 많이 잡을 수 있을 것이다.

엄마가 준이에게

체험일기란?

체험일기란 내가 경험한 것을 정리한 일기를 말해.

체험일기 소재 찾기

❶ 직접 해 본 것이라면 무엇이든 체험일기가 될 수 있어.

❷ 딸기밭에서 딸기를 딴 체험이나 갯벌에서 조개를 캔 일, 천연염색 체험이나 도자기 체험 등등 특별한 일을 경험했다면 무엇이든 체험일기의 소재가 될 수 있단다.

체험일기 잘 쓰는 방법

❶ 준이는 얼음낚시가 처음이었지? 새로운 경험이었으니 서툰 점도 있었고 느낀 점도 많았을 거야.

❷ 얼음낚시법에 대해서는 잘 적었어. 그런데 물고기를 처음 낚았을 때의 그 짜릿한 느낌을 조금 더 표현했으면 좋았을 거 같아. 그러면 나중에 두 번째 낚시를 다녀온 후의 느낌과 비교할 수 있을 거야.

20. 새해에는 더 멋진 준이가 될게요
-영어일기

　엄마와 서점에 갔다. 이제 2학년이 될 테니 문제집도 사고, 읽고 싶었던 만화책도 샀다. 물론 엄마가 읽어야 한다며 동화책을 몇 권 더 얹어 주셨다.

　"이걸 언제 다 읽어?"

　나는 뾰로통해서 말했다.

　"엄마가 고마울 거야. 책마다 독서일기를 쓸 소재가 되잖아. 긴긴 겨울방학, 일기라도 안 밀려야지?"

　어이쿠, 고맙습니다. 나는 입을 삐죽 내밀었다.

　"참, 연하장도 사야지."

　엄마는 문구 쪽으로 가서 연하장을 골랐다.

　"누구한테 보내려고? 요즘은 다 문자나 이메일로 보내잖아."

"응. 휴대폰도, 이메일도 없는 사람한테."

"엥? 그런 사람이 어디 있어?"

"응. 아프리카에 있는 엄마 친구."

엄마는 아프리카에 사는 아이에게 매달 후원금도 보내고 편지도 쓰신다. 엄마는 그 아이를 친구라고 부르신다.

엄마는 한복 그림이 고운 연하장을 골랐다. 연하장을 바라보며 엄마가 중얼거렸다.

"언제 만날 수 있을까?"

엄마는 언젠가 아프리카에 가서 그 아이를 직접 만날 것이라고 하셨다. 그게 엄마의 많은 꿈 가운데 하나라고 하신다.

"엄마, 그런데 그 친구를 만나면 말을 어떻게 해? 아프리카 말 알아?"

"아프리카 말은 모르지만, 영어로 하면 돼. 엄마 친구도 영어 공부 열심히 한다고 했어. 엄마도 영어 공부하고 있잖아."

엄마는 웃으면서 말씀하셨다. 엄마랑 그 친구랑 만나서 둘이 이야기할 것을 생각하니 조금 샘이 나기도 했다.

"나도 같이 가."

"풉! 같이 가면 뭐해? 영어로 얘기할 수 있겠어?"

엄마가 조금 빈정거리면서 말씀하셨다. 마치 나는 할 수 없을 거라는 말투였다.

"왜 못해? 할 거야. 나도 올해부터는 영어 공부 열심히 할 거라구. 엄마보다 더, 더!"

"호, 그래? 그럼 잘 됐네. 새해 목표를 영어로 한번 써 보렴. 잊어버리지 않게 일기장에 말이야."

하, 엄마는 정말 천재다. 이 순간에도 일기를 생각하다니! 그런데 내가 정말 영어일기를 잘 쓸 수 있을까?

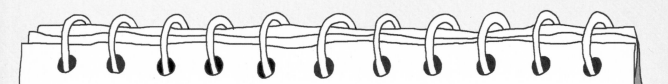

준이의 일기

날짜 : 1월 10일 수요일

날씨 : 코끝이 시리지만 모처럼 활짝 개인 겨울

제목 : 영어 공부

새해가 밝았다.

I am going to be 9 years old.(나는 이제 9살이 된다.)

I will study English hard from new year.

(새해에는 영어 공부를 열심히 하겠다.)

그래서 엄마와 아프리카에 갈 것이다.

아프리카에 가서 엄마 친구를 만날 것이다.

And I will work hard for my health.

(그리고 운동도 열심히 할 것이다.)

그래야 비행기를 탈 수 있을 테니까 말이다.

I am going to be a better person in 9 years old.

(9살에는 더 멋진 준이가 될 것이다.)

엄마가 준이에게

영어일기란?

영어일기란 영어로 쓰는 일기를 말해.

영어일기 소재 찾기

❶ 영어일기는 일기 쓰는 언어만 달라지는 거야. 그러니까 뭐든지 영어일기의 소재가 될 수 있단다.

❷ 그런데 아직은 긴 문장이나 복잡한 내용을 영어로 쓰기가 어려울 거야. 처음부터 거창하게 쓰려고 하지 말고, 간단한 자기 소개나 영어 동화를 읽고 마음에 드는 문장을 써 보자.

영어일기 잘 쓰는 방법

❶ 준이가 영어일기를 쓴다고 했을 때, 솔직히 엄마는 잘 쓸 수 있을까 걱정했단다. 그런데 괜한 걱정을 했네. 아주 잘 썼어.

❷ 아직 모든 문장을 영어로 쓸 수는 없겠지만, 지금부터라도 조금씩 연습하면 곧 잘 쓸 수 있게 될 거야. 준이, 파이팅~!